主编的话

——致您和小朋友

知道吗？这套《牛年的礼物》共四册，是画家于平、任凭为您和小朋友，用心剪出来的。

他们，因为对剪纸艺术的深爱和不曾舍弃的执着追求而结为伉俪；他们，因为对儿童读物的钟情，而携手倾心，创作您和小朋友喜欢的童书。

土生土长的小草，汲吮阳光雨露赐予的滋养，开出烂漫的小花，点缀旷野的美丽；植根于民间沃土的于平、任凭剪纸艺术，闪耀着传统与现代交融的亮熠，为儿童读物的百花园，添上一枝又一枝散逸芳香的蓓蕾新葩。

锲而不舍，矢志不移。满怀着对孩子成长的希望和寄予明天的期盼，他们握剪伏案，痴然游刃于一个追梦的童心世界，为您和花儿般可爱的小朋友，送上发自于心底的真诚——一套《牛年的礼物》在手，喜欢吗？

但愿它能拨响您和小朋友的心弦，奏鸣未来……

赵镇琬

2008 年 10 月 24 日

1

回归童年的欢欣

这几天，每逢闲暇下来，就兴致盎然地赏读于平和任凭伉俪创作的剪纸集《牛年的礼物》，童年赏玩剪纸的情景一幕一幕闪过眼前：挂钱在门楣上随风飘展，过年时贴窗花带来的欣喜，又一次次让我体验到久违了的童真童趣。

它带给我的是另一种阅读快乐，那是童年的回归，那是节日的欢愉，那是审美的发现。

我还想起女儿小时候，我带她去拜访一位剪纸艺术家，看他用神奇的剪刀如同用笔作画，转瞬之间，行剪转刃地就把一幅剪纸托在手中。从那以后，女儿爱上了剪纸，小小年纪居然也能静下心来，全神贯注地操作起来。现在，还偶尔会从一本本旧书中翻捡出她的"作品"，让我们回忆起她童年的快乐。

于平和任凭的剪纸集，取材民俗民风、民间传说，特别是他们以牛为题材创作了多幅剪纸，让我又一次感受到了纯朴的乡情民风。我想起迎春、打春、演春，都离不开牛，那是一种永驻心头的记忆。一提起春牛，就让我想起春天和生命，勤劳和丰收，就让我想起欢乐的劝农祈年的仪式，这一切我都从这套《牛年的礼物》中感受到了。

剪纸艺术发源于中国，有广泛的群众基础，在发展流变的过程中，形成了多种构图、多种技法、多种风格。于平、任凭的剪纸，构图单纯醒目，讲究均衡对称，有很强的形式感。在造型方面，能抓住对象的特征，如牛的憨厚，儿童的天真，织女的飘逸，炎帝的粗犷，在平面中寓动感，以古拙代秀巧，有很强的装饰性。

我特别看重他们剪纸中所彰显的童真童趣，形象的夸张，幻境的奇美，想象的超拔，都突出了童心的观照。赏读这些剪纸艺术，有唤起联想的扩展，有激发想象的飞跃，还有艺术发现的快乐。

我的目光游走于这形象生动、润色丰厚的画面中，有一种回归童年的欢欣，因而我愿意把这套剪纸丛书推荐给孩子们，以及他们的家长和老师，这是普及审美教育的需要，也是培养民族自豪感的需要。

金没

2008 年 11 月 3 日于北京

十年：中国的味道，光阴的故事

过去几年，我一直在做图画书的阅读推广工作。接触的作者和家长多了，每每就会听到一种声音，说我们自己的原创图画书水平如何不行，跟国外的大师作品距离多大多大等等。执着一点的妈妈们，还会跟我说，不知要等到什么时候，才能看到优美的原创图画书。老实说，每次听到这样的议论和希望，我心里总有一种五味杂陈的莫名感——看的图画书多了，我发现我们自家的好东西，实在是并不少的。可是我这个观点并不容易证明，在时间的沧海桑田里，那么多的好书，早已变得悄无声息的沉默下去了。看着那些金子般的书，埋没在泥沙之中不能再次闪亮，真是让人心酸。

还好，我不是一个只知道感伤的人。心酸过后，我想得更多的是那些妈妈的希望，在图画书的井喷大潮之中，她们希望给孩子讲我们自己的故事，讲我们自己的文化，讲我们自己的情怀。既然妈妈们有需求，既然我们也相信孩子们会喜欢，我想，披沙拣金，让我们那些曾经美好的原创图画书再次闪亮，应该是个有价值的工作。

第一次知道赵镇琬这个名字，是在三年前，我听说他主编撰文的那套《宝宝同乐园》，出版社还有一些库存，正在慢慢的销售中。不过那时候，我还沉浸在刚刚发现国外美丽的图画书海洋的兴奋中，根本没有关注《宝宝同乐园》这种听起来有些土的童书。直到后来，同好妈妈们在网上又发现了一片新大陆：赵镇琬主编的《幼学启蒙》系列丛书，我才对这个名字注意起来。后来，依然是同好妈妈们，送我了一套他主编的《鼠年的礼物》，四本浓浓中国味的剪纸图画书。

其实，哪怕是在三年前，我都不会对中国的、乡土的、传统的东西，产生这么大的喜爱以及亲近感，但是当你取次花丛，阅尽千帆之后，你才会真真切切地感觉到，只有生长在这片大地上的，如牵牛花这般平凡，但是天天花开花落，陪伴你每一天普通生活的事物、文化，才是你赖以生存的根源。

别人的东西，好自然是很好的，只是，再好的三明治，也取代不了煎饼油条的美味啊。

这话又远了，说回来，自从发现了原创图画书的瑰宝以后，我，以及很多人，都没有断了重新出版的念想。但是，这并不是一个很容易实现的事情，直到遇到也同样钟情于中国传统的步印文化。

于是，我和步印的编辑于惠平，直接杀到赵镇琬老师的家里，开始的时候，我们是只知道"幼学启蒙"，后来，越说越投机，于是，大家就又转战到赵老师家的地下室，去找原稿。就在尘土飞扬的地下室里，我们挖出了《牛年的礼物》（四本）;《鼠年的礼物》（四本）;《童谣中国》（十本）;《山海经》（剪纸260幅图）。以上除了《鼠年的礼物》曾经出版过，其余的，都是在赵老师退休以前做好的书，但是它们都已经在地下室躺了十年，一直到今天，才有机会面世。

写到这里，是没法没有一点感慨的。十年前，北有赵镇琬，南有蔡皋，都在为中国的原创图画书雕琢耕耘，但是因为市场的淡漠，他们的努力，却总归显得孤单。后来蔡皋的作品在日本得了大奖（《桃花源记》），还进入了日本的小学课本，而赵镇琬的图书则在美国得了大奖（《纪昌学射箭》，"幼学启蒙"的一种）。他们的书如今都成了书痴妈妈们苦苦寻找的瑰宝，当然，如果没有步印，这些瑰宝怕不是那么容易找齐的。

赵老师是个诗人，不过却身材高大，体格魁梧，七十岁的人了，还固执地坚持自己去地下室翻找原稿，一翻就是一上午；赵老师还酷爱讲冷笑话，当他和你熟稔以后，笑话就源源不断；赵老师浑身的哲意，当我们热切的希望这些原稿面世的时候，他却只是淡淡的，颇有"悠然见南山"之感——不过这也可能是被伤了心，因为在后来我们要走之前，赵老师还拿出他为奥运画的作品，希望我们帮他带到北京去交给有关部门（虽然最后没有成行），还让我拿相机给他照相，因为参加作品是要附作者照片的。这番忙碌，又不像对时世已经不在意的人了。

我大概永远都忘不了2008年的春天了，那一天，没有买成山东美味的大樱桃，我们两个小女人，拖着几十斤重的画稿，从山东一直带到北京。不过，也许我们是把更美味的东西，带到了大家的面前。

但愿一切美好的事物，都能存活在这个世界上，即使偶尔被我们忘记，也能够永不消失。

艾斯苔尔
2008年10月25日星期六阳光灿烂的午后

一本图画书就是一座小小的美术馆。现在《牛年的礼物》这套图画书出来了，一套四本全是剪纸作品，而且一本一个风格。这真是一种惊喜！原来，我们早就有了一座小小的剪纸美术馆，而且这个小美术馆里还有四个分馆。

——彭懿

小时候，我总梦想着，能去看看外婆的家乡，那里有：温暖的炕头，彩色的窗花，神奇的故事，还有外婆讲故事的声音，那浓浓的山东口音……这套剪纸图画书，让我离那个梦，仿佛又近了一步。

——小书房站长漪然

美丽的剪纸，传统的主题，中国的味道，这是给中国妈妈和中国孩子的最好礼物。

——新京报书评周刊

全套  导读

>>>>>>>

中国的 传统的 美好的

妈妈们，欢迎你们进入中国原创图画书的世界。你们即将读到的，是《牛年的礼物》这套书的导读。通过这个小册子，我们希望为妈妈们提供足够多的原始素材，这不仅仅为了使亲子阅读的过程更加顺利和充满乐趣，也希望这些素材可以激发妈妈和孩子对图画书、特别是中国图画书更强烈的好奇心，因为即将呈现在你们眼前的，是一个源自中国传统的、奇妙又美好的世界。

一、中国的 我们为什么需要原创图画书

原创画家的焦虑

几乎所有的原创图画书作家都发现，我们的原创图画书，在井喷着的图画书热潮之中，正面临着一个相当尴尬的境地。作为作者，他们可以很直观地感受到，原创的图画书不如引进的经典图画书好卖；同样地，作为作者，他们大概也不得不承认，绝大多数原创图画书，似乎比国外的经典作品，还是要差上那么一点点。为了改变这种状况，他们正在进行一系列的努力。以我的邻居和朋友，熊磊熊亮兄弟为例，现在他们可算是国内最为活跃的原创图画书作家，对这种现状的体味尤其强烈，心情也是特别的焦虑。他们在推动原创上做了非常多的事情，从组建工作室到争取在国外获奖，从发掘传统到进入孩子的日常生活，从发展一流国画艺术家创作图画书到培养年轻学生从事图画书行业，这些事情他们都做了，但是看上去，这些努力的成果，还需要再等待一段时间，才可以到来。

等待是可以理解的。欧美的图画书发展了100年，日本则发展了50年，他们的成就是经历了时间的积累的。而我们，从"图画书"这个词儿广为人知到现在，不过短短五六年的时间。从一个行业的角度来看，确实还需要发展的时间。

故事妈妈也着急

但是妈妈们不能等了。事实上，和作家与画家们的焦虑同时，更大的焦虑来自那些给孩子读图画书的妈妈们，特别是那些亲子阅读已经开始了较长时间，进行得卓有成效的家庭。

举几个最简单的例子吧。在给孩子读着苏斯博士的英文认知绘本的时候，孩子的爸爸会问，有没有一本书，可以这么有趣地讲汉字呀？这个时候，大力倡导亲子阅读的妈妈，不免有些黯然

了——我们没有这样的书。再有，在给孩子读《三只小猪》《花婆婆》这样有着浓郁欧洲风情的书时，妈妈们也难免会想，为什么我们小时候耳熟能详的那些成语故事没有被编写成图画书呢？而在读了《西雅图酋长的宣言》之后，妈妈们在深深感动之余，肯定也不会忘记，我们的历史上，曾经有过多少同样震撼人心的时刻啊，为什么没有一本图画书把这些都表达出来？要知道，我们自己小时候，读的可不仅仅是《世界五千年》，在我们心里最可珍爱的，还是《上下五千年》，是林汉达老先生讲出来的那些精彩历史故事呀。

书读得越多，妈妈们就越焦虑。她们焦虑的，不仅仅是孩子长大之后对中国语文的掌握可能会出问题，更重要的是，妈妈们害怕孩子们在小时候没有接触到足够丰富和有趣的中国元素，由此可能对我们自己的文化，产生一种陌生感。大概也正是因为这样的焦虑，这些年，像"亲近母语"这样的活动，像儿童读经这样的运动，才会在一些妈妈们中间大为流行吧。但说实在的，那些东西虽然好，却未必符合孩子的接受心理和接受习惯，对他们来说，符合孩子需求的中国图画书，无疑是最有用的。

说到这里，我们终于可以进入手头这套书了。《牛年的礼物》是从被时间遗忘的角落里找回来的一件珍宝，在网上几个著名的亲子阅读论坛，它让妈妈们产生如获至宝的冲动，更让熊磊熊亮这样的艺术家，为自己早就有了同伴和先行者，而感到安慰和力量。

二、传统的　网上妈妈们传阅的秘密宝库

让我先来讲故事吧。《牛年的礼物》是一套在12年前就已经创作完成的书，却从来没有能够出版，它的原稿能够保存到现在，本身就是一个奇迹。而更为奇异的则是，在这本书出版之前，甚至在看到这本书里的任何一幅画之前，所有听说居然有这么一本书的人，第一个反应都是——欣喜若狂。因为在这之前，她们读过相同的两位作者，于平和任凭合作的另外一套书，《鼠年的礼物》。

网上：发掘原创图画书的热潮

事情是这样的。我们已经说过，在亲子阅读已经进行得卓有成效的家庭，对原创图画书的渴求已经成为一种焦虑，一个必须解决的问题。而作为解决问题的方向之一，既然现在买不到优秀的原创图画书，妈妈们自然而然就把目光投向了那些早已绝版的

原创作品。毕竟，我们每个人小时候，大概都曾经惊讶于《小蝌蚪找妈妈》那梦幻般美丽的画面。

于是，从一群网上最知名的妈妈和发烧友们开始，一个潮流产生了：人们以发掘过往的原创图画书为己任，每次找到一本好作品，都会在网上掀起一个小小的高潮。以好孩子网亲子阅读版版主两小千金妈妈和寻梦园、小书房世界儿童文学网两位站长艾斯苔尔和潸然、蓝袋鼠育儿网版主肯肯为代表，一大批这样的书被大家找出来了。而网络，则成了传播这些神秘喜悦的最佳渠道，网上的妈妈们也因此经历了一个又一个欢乐而满足的时刻。

有了一些喜人的成果

我在这里且随便记录下其中的部分成果吧（在未来的时代，这会成为中国原创图画书发展和兴起的最美好记忆）：首先是篇幅达到80册之巨的《幼学启蒙丛书》，这套书虽然没有对传统文化一网打尽，但在诗词、成语、神话、民间故事等几乎传统文化的所有方面都撷取了一些最优秀的篇章，同时网罗了80、90年代国内最顶尖的一批儿童画家，可以说代表了中国原创图画书的一个高峰，这套书出版之初便在美国拿下了大奖；第二个应该提到的是蔡皋老师的系列作品，她取材于陶渊明的《桃花源记》在日本已经进入了小学课本，而她创意策划的《登登在哪里》以最令人惊异的大手笔给了孩子一个关于祖国和城市的最直接印象，是真正的大师之作；最后，第三套不得不提及的书，就是于平和任凭的《鼠年的礼物》。

说几句关于《鼠年的礼物》

《鼠年的礼物》出版于12年前，那时候，两位作者虽然还没有拿到后来在世界各地得到的各种奖项，却也已经是卓有成就的艺术家。至于这套《鼠年的礼物》，则是来自这样一个朴素的创意：用最具中国传统特色的剪纸艺术手法，给孩子们讲最具中国传统的民间故事和传说。这是四本童谣书，讲述四个与老鼠相关的民间故事，比如我们最熟悉的《老鼠嫁女》。捧起那套小书，故事是亲切的，歌谣是好玩的，而剪纸构成的画面，则在一下子整个占据了我们的眼帘，美丽而灵动的画面，传达出的是传统中国最深沉的意蕴和美感。所有的妈妈在第一时间的反应都是，这正是我们要讲给孩子听的书。所以，当她们得知还有一套尘封中的《牛年的礼物》存在于世间，才会发出不自禁的狂喜。

三、美好的　用最美的画面浸润孩子的心

读前是要下点功夫的

《牛年的礼物》由与牛相关的民间传说和神话构成，不过在阅读之前，如果我是妈妈的话，我更愿意先和孩子就"牛"这个话题聊聊天，毕竟，在中国几千年的传统当中，"牛"是最最重要的一种家畜，在古时候，偷盗耕牛更是和杀人一样严重的罪行。当然，这些事儿不着急给孩子讲，但是让孩子先想想和"牛"有关的词语，还是可以的。比如北京人，如果要夸奖一件东西时，冒出来的第一句赞美，肯定是"真牛！"问问孩子，知道为什么"牛"能这么"牛"，一个字就能代表着"美好"的意思吗，不知道？那就看书吧。

四本书都是歌谣体，都是可以唱出来的悠扬文字，内容上么，有的是故事，有的是歌谣。有的故事我们非常熟悉，比如牛郎织女的故事，有的故事我们还有点儿陌生，比如传说中尝百草的神农炎帝，他居然是牛头人身的样子呀，要是这么说的话，我们这些叫做炎黄子孙的中国人，祖宗上还跟牛有点儿沾边呢，难怪"牛"这个字，会得到我们那么多的尊重呢。

特别需要说明的是，别看这只是薄薄的四本书，但真要好好

把它读完，可还是需要下一点功夫的，因为书里面隐藏着的信息量实在是太大。和孩子共读之前，妈妈最好稍稍做一点点功课，把书里面可能涉及到的故事、传说、传统风俗，都先了解一下，一方面是免得到时候孩子突然问起了什么问题，一下子答不上来，而更重要的则是，把画面中隐藏的故事翻出来，激励孩子对中国传说的好奇心。

试读《神农炎帝》第一页

举个简单的例子吧。比如我们读《神农炎帝》这本书，开头第一页就是，"先有盘古开了天，后有女娲造了人，又有炎帝大神仙，造福人类到人间"。区区28个字，里面得有多少故事啊：盘古开天辟地，女娲抟土造人，炎帝造福人类，这可是我们中华民族传统神话里面最重要的三位大神。结合着画面读这四句话，左边那个握着一把斧子的，就是开天辟地的英雄——巨人盘古，那把大斧头，其实是他用自己的一颗牙齿变出来的。就是用这把斧头，他把天和地分开，一直干了一万八千年，最后他累了，变成了大地上的山脉、江河、雨露……看见他脑袋旁边那两个圆了吗？那是盘古死后的两只眼睛变出来的，左边那个银色的，是月亮，里面住着一只蟾蜍，右边那个，是太阳，住在里面的，是金

乌，也就是三足的乌鸦——啊，这又是另外两个故事了。

再看画面右边吧，那是个人头蛇身的女子，这就是传说中的女娲了。她的故事，最著名的有两个，女娲造人和女娲补天。画面上女娲正挥舞着一根藤条，那是她正在造人呢，藤条在土里面一搅动，甩出来的泥浆在大地上就会变成一个个的小人，据说，人类就是这么造出来的。

现在，该轮到画面正中间的这位牛头大神了，不用说，孩子们肯定可以猜到，这就是歌谣里面唱着的那位"炎帝大神仙"，为什么这位造福人类的大神长着个牛头呢？翻开下一页，答案就会出来。

有兴趣就会反复阅读

看到这里，不知道妈妈们会不会有一点担心，担心画面上的故事太多，自己一不小心就给错了，又或者，担心要讲的故事太多，孩子会不会觉得厌倦，阅读的流畅性会不会被打断。这些担心当然都是有道理的，但却并非不可解决。比如画面上隐藏着的故事，我们的导读手册会尽量作出提示，妈妈们根据这些提示去查资料或者上网搜索一下，肯定就会查到很多不同版本的故事了，到时候你想怎么给孩子讲都行了。至于说到信息量太大的问题，我的想法是，《牛年的礼物》这样的书，本来就不是要一下子读完或者只读一遍就拉倒的，它需要妈妈和孩子一起去重温，每次重温，都会发现新鲜的故事，那该是多么美好的一种体验呀？所以，我们完全没有必要一次把所有的故事都讲出来，更不用强求孩子记住书里面的每一个故事，而且，即使我们错过了几个故事又怎么样呢？最重要的，是孩子对书的兴趣，今天我们忘记说的，明天他自己都能找到。

（撰文：涂涂）

分 册 导 读

>>>>>>>

第一册 《打春牛》

春天的歌

这是一支关于春天的歌，充满了春天的喜悦之情，而这支歌里面讲的故事么，则是我们国家，关于春天的一些古老民俗。虽然画里面画的那些事情，我们现在已经很少见到了，不过看着这些画面，我们还是很容易感受到人们打心眼里发出的，对春天的喜悦。

春天为什么美好呢？对孩子们来说，整个冬天那么寒冷，呆在家里都不敢动弹，春天来了，春暖花开，又可以出去玩儿，看着花草发芽，听着小鸟歌唱，伴着蝴蝶起舞，当然是件美好的事儿。而对于大人们来说么，那春天就更不得了了，特别是在农村更是如此，因为春天是播种的时候，春天美好，粮食种得好，一年的收成也就好了。所以呀，在立春这一天，大家都要出来"迎春"，把春天接回家，把好运接回家，把快乐接回家。

一页页地读……

什么是"春牛"？

现在让我们一页一页来读书吧。先看标题，"打春牛"，什么叫春牛？是春天的牛吗？当然不是。我不知道孩子看到这个题目的是不是会问"春牛"的意思，不过作为妈妈，还是别忘了告诉他们，"春牛"并不是真的牛，而是立春节气那一天，人们用土塑成的小泥牛，小泥牛的肚子是空空的，方便大家往里塞东西，至于塞什么，我们读下去就知道。反正这里要记住的就是，"春牛"是用泥做的，古时候，艺人们把"春牛"做好之后，还要一家一家送到农民家里去呢，这个呀，就叫做"送春"，而每家人家把"春牛"接回家里，就是"迎春"啦。

第一页

翻开书，第一页讲的就是这回事儿，你看那"春牛"，身上还戴着花绣球儿，可漂亮得紧呢。迎来了"春牛"之后该怎么办呢？

候，这既是一件大事，也是一个特别好玩的时刻，想想看，全家人围着一头泥巴做的牛，往它的肚子里面填粮食，你难道就不想玩玩么？

别着急，填五谷只是第一步，更好玩的，还在后面。

第三页

翻开第三页，出来了一个地方官员，还出来了一个"芒神"，这个"芒神"可是要人来装扮的哟。

说到这里，我们要稍稍把话题扯开一下，好好的和"春牛"玩儿，为什么会跑出一个地方官员来嘛？怪扫兴的。这个这个，咱们说的不是古代的事儿么，现在当然不时兴这个啦。想想看，在古代的时候，没有电视，没有电影，没有动画片，没有工厂，没有高楼，没有汽车，整个世界上最重要的一件事儿，就是种粮食，而

第二页

翻到第二页，"春牛肚里装五谷，仔细装满不马虎"，原来要填在牛肚子里面的，是"五谷"，"五谷"是什么？这个我们不着急知道，只要知道，"五谷"是五种不同的粮食就行了，用粮食把春牛填得满满的，为的是象征"五谷丰登"的幸福感。这个时候，爷爷奶奶、爸爸妈妈、兄弟姐妹都会忙活起来，忙着给春牛肚子里面装粮食，你可别小看这活儿，在古时

地方官员呢，没了工厂高楼汽车给他管，也就只能管点儿种粮食的事儿了。所以呀，"迎春"的时候，他一定要出席，而且还要负责把"芒神"请出来。

这个"芒神"是谁呀？悄悄告诉你，他都已经三千岁了（3000年前的周朝，我们的祖先就开始向芒神祈祷了），大名叫做"句芒"，是主管农事，也就是种粮食的春神，春天他高兴了，风调雨顺，到秋天的时候，农民才能有好收成。所以立

春这一天，农民可是得恭恭敬敬把这位老神仙给请过来。怎么个恭敬法？咳，就是请个壮小伙子，有劲的，穿上一身神仙的礼服，然后戴上个"芒神"的面具，最后手里拿着条鞭子，就上来了……哎哟，你别问我这是不是真恭敬了，立春过节，大家不是都还得玩儿的嘛。

接着说"芒神"吧！

第四、五页

继续翻到第四页和第五页，这是整个"迎春"仪式上最重要的活动，也是最来劲的地方，"芒神"用自己手里的五彩鞭子，使劲鞭打"春牛"，一鞭一鞭，直到把"春牛"打碎，里面装满的五谷都流出来为止。据说，这样一来，今年的收成就有保障了，不过其实你也知道，"春牛"肚子里的"五谷"，本来就是大家一起装进去的嘛。所以说白了，这就是一个游戏，跟我们玩过家家差不多。玩过家家时最重要的是什么？当然是你要装得像，不能把真相给揭穿了，所以我们继续玩儿这个好大的过家家游戏吧，就不揭穿"芒神"是假扮的、"五谷"是早就装好了的啦。

读到这里，我又要打岔了。这个，你看吧，那么漂亮一个"春牛"，楞是让鞭子给打碎了，实在是觉得有点可惜，而且，即使是泥巴做的牛，那也是牛呀，把它打碎，不觉得太残忍了吗？关于这个问题，我是这么想的，在广场上打碎的呀，是地方官员准备的一个大"春牛"，手艺人给我们家里送来的那个小"春牛"，我们还不舍得打碎，要留着跟它一起玩儿呢。至于为什么要打"春牛"呢？那是为了提醒休息了一个冬天的耕牛，又该准备劳动了嘛。我猜是因为农民们都太爱自己家里的牛了，舍不得打它们，所以就请这个大泥巴牛给代替啦。春牛春牛，你可不要生气哟！

好了，继续看书吧，"迎春"仪式还没有结束呢。

第六页

翻到下一页，"流出五谷带回家，放到粮仓最底下"，古时候的人们相信，这

样一来，家里的粮仓在年底的时候，就能满满的了。这时候你可别笑他们傻，好像自己在骗自己一样。没错，这一切看上去就是个游戏，可是在游戏里面，其实还有农民们没有说出来的愿望，"希望风调雨顺，希望粮仓饱满，希望生活幸福平安"。其实一年之中怎么可能没有风雨，粮食又怎么可能年年丰收，可是农民们还是每年都要举行这个仪式，因为他们觉得，日子过得再不好，美好的希望也是不能放弃的。这一点，你有没有想到过呢？

哎呀，又扯远了，继续看书吧。

第七、八页

"迎春"仪式已经快到尾声了，下面的时间，就纯粹是大家高高兴兴做游戏了。家家户户都贴上画着"芒神"和"春牛"的《春牛图》，而且还有艺人装扮的春官、春吏，沿街高喊："春来了"呢。

知道这叫什么吗？在古时候呀，人们把这叫做"报春"，在有的地方，"报春"是在立春之前一天举行的，而且因为立春这一天要鞭打春牛，人们也把这一天叫做"打春"。

第九、十页

好了，书就要读完了，我们来到了最后两页。老实说，整本书里面，我最喜欢的就是这两页了，虽然没有故事，但是有春天的气息。"牧童骑上大春牛，要去田野走一走，先去山上采朵花，再去河边看垂柳"，"春牛耕地田里走，梅花长在背上头，春牛抬头看花朵，农夫扬鞭催春牛"。哎，这真是在画里面才能看到的美好景色，我自己，都忍不住想和牧童一起骑着春牛去田野看看了。如果你读这本书的时候正是春天，我想，你也会忍不住想出去看看的吧？

《春字歌》

在这篇导读的最后，再送你一首《春字歌》吧，"春日春风动，春江春水流。春人饮春酒，春官鞭春牛。"怎么样，在歌声里，有没有感觉到春天的美好气息？

第二册 《神农炎帝》

"神农炎帝"是一个古老的传说。我们中国人又叫做"炎黄子孙"，其中的"炎"就是指炎帝。关于炎帝的传说非常非常多，而且在绝大部分传说里，炎帝和教人类耕作与医药的神农氏是同一个人。《神农炎帝》这本书，就是按照这类传说来表现的。

第一页

打开书第一页，从盘古和女娲讲起，一下子就定下调子，"炎帝"呀，他是个神仙，而且是来人间造福人类的。下面整本书，都是讲炎帝造福人类的故事，他到底做了些什么事呢，我们下面慢慢讲。当然，就像我们在前面说的那样，在这个地方，妈妈也完全可以先停下来，给孩子讲讲盘古和女娲的故事，讲完了盘古开天辟地、创造日月的壮举，讲完了女娲抟土造人、炼石补天的故事，再回到神农炎帝身上，孩子们或许会对这个陌生的神仙有点儿期待的：得做出什么事情，才能和开天地、造人类相提并论呀！而且如果我们翻到第二页的话，哇，整页就是神农炎帝

的一个大特写：牛的脑袋、人的身体，一脸庄重的深情。全套书四本，这是惟一的一个人物特写镜头，神农炎帝在作者心中、在人们心中的地位，也就可想而知了。

第二页

好，进入故事吧。其实在第二页的特写画面上就已经提到了，关于炎帝造福人类的第一件事情是，他发现了五谷。

五谷是什么？如果我们还记得的话，那是在"打春牛"的故事里，填在"春牛"肚子里的东西呀。五谷一说是指稻、黍（黄米）、稷（小米）、麦、菽（即大豆）；还有另一种说法，是指麻（指大

麻）、黍、稷、麦、菽。总的来说，只要记住：我们吃的不管是米还是面，它都是五谷的一种，也都是炎帝最先发现的，这就行了。

第三至六页：神鸟的故事

继续读下去，三四两页，讲的是炎帝和神鸟的故事。这个故事很长，于平和任凭的剪纸画面已经把故事的所有细节都表现出来了，不过要读明白这些细节，还是得把故事听一遍。

画面里那只从天上飞下来的神鸟，全身都是红色，据说它原本是王母娘娘特别珍爱的一种珍禽。不过因为炎帝的缘故，它偷偷从天上飞了下来，还带来了一株九穗的禾苗。你可别小看了这棵九穗禾苗，传说它就是所有粮食的祖先呢，而且据说神鸟把它带下来的时候，九穗禾苗长出来的粮食，人吃了甚至可以长生不老呢。有了这件宝物，炎帝可就来劲了，他教会人们在不同的地方种植九穗禾苗结出的不同种子，从此人类就再也不用忍饥挨饿了。可惜，这么好的一件事情，天上的玉帝知道了却偏偏很不高兴，于是他就收回了五谷的神奇法力，让人们吃了没多久，就又会觉得饿，而且再也不能长生不老。至于那只神鸟，玉帝更处罚它再也不能回到天上。于是神鸟就在人间住了下来，每年春天，还四处提醒人们"布谷、布谷"，告诉人们该去种地了。所以呀，人们就叫它做"布谷鸟"。

第七页及后面的故事

传说讲完了，炎帝也忙活得差不多了。他教会了大家种植五谷，看看第六页，男男女女都高兴坏了。可惜，炎帝大神仙要操心的事情太多了，他发现光有五谷还不够，人们还很容易生病，要让人类过得更幸福，得找到能治病的药草才行。

神农尝百草的故事，人们大概都已经很熟悉了。据说为了找到治病的药草，神农炎帝走了很多地方，后来在一个叫做"百谷山"的地方停了下来，这里的各种各样野草特别多，炎帝一种一种亲口尝一遍，发现好吃的，就放在自己身体左边的袋子里，发现不好吃但是能治病的，就放在右边的袋子里，剩下的那些，就是有毒的了，他就提醒大家千万别去碰。据说，有一次神农炎帝一天就尝了70种不同的毒草，不过他是神仙，普通的毒草吃了再多也没事。可惜有一天，他尝到了一种特别特别毒的"断肠草"，终于中毒身亡了。而他留下的关于药草的记录，千百年来则给无数人治好了病。

最后一页

翻到最后一页吧。我们看到，在太阳和月亮的掩映之下，牛头人身的神农炎帝，已经飞到了天上。有人说，他已经死了，有人说，他是神仙，不会死的。不过不管怎么样，作为炎黄子孙，神农炎帝为人类做的事情，大家是不会忘记的。直到今天，在湖南省炎陵县，还有一座炎帝陵墓呢，据说炎帝去世的时候就埋葬在那附近，而且人们到这里来纪念炎帝，都已经有几千年的历史了。

第三册 《牛郎织女》

我记得很小很小的时候，奶奶给我讲了很多很多故事，《牛郎织女》便是其中之一。要说这故事本身，第一次听的时候可能并没有给我留下太多印象，只是后来在《民间文学》杂志里，在各种各样的故事书里，甚至在小学课堂上，一次一次遇到，慢慢地，也就熟悉了，长大之后，更是知道"牛郎织女"是我们国家的"四大民间传说"之一，甚至我们的民族性格，在这个故事里都能找到很多影子呢。

看的画，我们就可以注意到，高高的山，青青的草，红红的太阳，其实是个充满喜悦色彩的境界。就连太阳身边的两朵云，也都像是两团笑脸，就连山上那两棵大树的造型，看上去也给人乐呵呵的感觉。在这样的背景之下，牛郎和老牛轻快地走在山上，实在是很自得的。我们仔细看这一人一牛的动态，就会觉得，他们的生活虽然穷苦，却充满了阳光。

第一页

"有个牛娃叫牛郎，从小没了爹和娘，只有老牛来相伴，相依为命住山上"，短短28个字，把牛郎的身世给说清楚了，却并不给人很凄苦的感觉。我猜作者是有意舍弃了民间传说中牛郎被兄嫂虐待，被强分家产等等情节，那些内容有些太悲惨了，不大适合孩子，更容易引起苦大仇深的感慨（我小时候读这个故事的时候就对牛郎的兄嫂很仇视），没有必要。而且结合剪纸画面来

第二页

"有天晚上刚躺下，老牛开口说了话，牛说天上有七仙，明日下凡到人间"。读到这一页的时候，孩子难免有一个问题，老牛怎么会开口说话呢？而且更重要的是，它怎么知道明天会有七仙下凡到人间？其实这只是第一个疑问，下面的画面中，问题还有很多，我们先读完故事，最后再来说问题。看这一页的画面，

月亮（我们已经说过，里面有个蟾蜍，那就是月亮）高挂，柳丝轻扬，牛郎躺在树底，老牛卧在草丛上，实在是个温馨得不得了的画面。这样温馨的景致，谈论牛郎的终身大事，好像是很有气氛的哟……在这里最好是仔细去欣赏一下牛、人、树那曲折有致的线条，艺术家在这里花了很大的功夫，简直让人难以想像，这么美的画面，剪纸到底是怎么剪出来的呢？

第三页

继续读下去，下一页更美了。"次日早晨天刚亮，老牛大声喊牛郎，牛说仙女已下凡，快去河边看一看"，情节的推进在这里不重要，重要的是画面。太阳出来了（那个里面画着个三足乌鸦——金乌的圆），整个画面的色调也从绿变成了红，连柳丝的飞舞都显得更为有活力。这一页和上面一页，画面左右对称，色调形成强烈对比，我们读的时候，整个心情也跟着

飞扬起来了。

既然心情已经开始飞扬了，就不要停下来。

第四、五页

第四页，七位仙女在水中出现了，山还是那山，树还是那树，牛郎和老牛还像以前一样，但是因为有了一潭溪水，有了水中那蹁跹舞蹈着的七位仙女，整个画面都灵动起来了。而且，可别小看了水里面

那两条小鱼，它们的存在，让整个画面都亮了起来，可以说，两条小鱼，就是这幅画面的眼睛呢。

第六页

继续读，下面两页就到了故事里——最让人难为情的地方了。老牛要牛郎仔细端详七位仙女，挑出最喜欢的，然后把她的衣服藏起来，结果，牛郎挑中了七仙女，把她的衣服给藏了起来。

如果我是孩子的话，读到这里，我差不多要抗议了，牛郎偷看七位仙女洗澡，已经够不害臊的了，还偷人家的衣服，简直太过分了。嗯，还是那句话，别急别急，我们先看完故事，一切呆会儿都有答案。顺便说一句，第六页最底下那两排小蝌蚪，让牛郎偷衣服的场面灵动了起来，甚至，小蝌蚪都在为牛郎感到害羞呢。

第七、八页

下面的故事就简单了。七仙女找不到衣服，只能眼睁睁看着六位姐姐飞上了天，而她自己，只能躲在河里不知道该怎么办。这时候老牛和牛郎出来了，牛郎把衣服还给仙女，老牛则做起了媒人："我们家牛郎可是个好小伙子呀，你们俩在一起，是最幸福美满的一对啦！"好了，故事结束了，仙女羞答答应了婚事，然后和牛郎一起过上了男耕女织的美好生活，老牛成就了牛郎织女的好姻缘，也觉得心满意足。

这个故事和传说有点不太一样，而且似乎和前面一样也留下了不少问题，比如仙女没有衣服为什么不能上天，比如仙女答应婚事显得有点突兀，不过这一切，显然都是作者有意的安排。我们还是先看画面，然后一点一点慢慢讲。

仙女没了衣服上不了天，老牛出来

做媒那一段，我们看到仙女害羞地躲到山后面，只留下了一缕头发，不过画面的整个情绪，却是喜悦的，牛郎和老牛的表情就不用说了，如果你仔细看，会看到连山上的小花都盛开了，连溪水里的小鱼，都吐出了一朵美丽的花儿呢。

第九、十页

至于最后两页，牛郎织女结婚入洞房，那画面就更丰满了：红彤彤的幸福颜色充满整个画面，让人感觉这个故事真是又温馨，又美好。

试着把故事讲完整

故事很美，画面很美，但牛郎织女的故事本身，却并不像剪纸里表现的那样简单。书里面，作者有意把所有和苦难有关的情节都去掉，然后用轻盈美丽的画面来表现故事里那些美好的部分，但在几个最关键的地方，还是留下了一些小小的暗记，那是留给孩子提问的空间，也是让妈妈把整个故事讲完整的契机。

梳理一下这些小小的关节吧。故事里面没有讲，牛郎家里有一头神牛，它怎么知道仙女下凡的事情呢？看上去很可爱的牛郎

为什么会偷仙女的衣服呢？仙女为什么又会同意嫁给一个"小偷"呢？随着一个又一个问题，牛郎织女故事的真相也就编织了出来：牛郎和织女，是天上的两颗星星，一个叫做牵牛星，一个叫做织女星，天上的两颗星星其实就是两位神仙，他们相爱了，却因为爱情违反了神仙的法则被强行拆开，一个在天，一个在地。于是牵牛星下凡变成了牛郎，一个贫穷的放牛娃，他的同伴老牛，则是他在天上的好朋友金牛星。但是爱情的力量是强大的，金牛星也决心帮助牛郎，所以它才会开口说话，而牛郎也会一眼就爱上织女，甚至不惜去偷她的衣服，而织女呢，她当然认出了牵牛星，要不然怎么会羞答答答应婚事呢。本来他们的生活很美满，可还是那句话，神仙的爱情注定要被拆开，他们再次被分开了。这一次，他们再次成为两颗星星，中间却隔着一条银河，只有到七月初七那天，才能在鹊桥上见一次……

第四册 《娃娃放牛》

《牛年的礼物》全套四册，《娃娃放牛》这一本，是其中最为特殊的。从文字内容看，其他三本都是对传说故事的改编或再现，而这一本则完全由新创作的童谣构成，虽然看上去好像缺乏了故事情节，但是琅琅上口的歌谣加上欢快到底的情绪，我倒觉得这一本有可能是最吸引孩子的。而且从画面来看，这一册带来的喜悦大概也是最大的：没有了故事情节的局限，于平和任凭可以更加挥洒自如地发挥想象力，于是这一册的剪纸画面，也就显得特别地异彩纷呈。

我们结合书来说。

第一页

"有个放牛娃，头上戴朵花，坐在牛背上，嘴喊驾驾驾"，第一页就情绪十足，虽然我们不大可能真的放过牛，虽然我们不一定喜欢头上戴花，但是"坐在牛背上，嘴喊驾驾驾"大概是所有男孩子小时候都玩过的游戏吧？虽然我们骑的可能不是牛，而是小车，或者玩具马，或者是爸爸装扮的大马……看着这一页的画面我们就可以知道，骑车骑玩具虽然也不错，但是跟骑牛比起来，滋味可就差得多啦。你仔细看看放牛娃那高兴的神情，连牛都跟着他乐了，嘴里叼着朵花儿还笑个不停呢。

第二页

"有个放牛娃，手拿大荷花，与牛捉迷藏，躲到荷叶下"，荷花、荷叶、莲蓬，光溜溜潜在水底的放牛娃、懒洋洋躺在岸边的老牛，读着这样诗般美丽的画面，我想连妈妈们大概都会觉得心痒痒的，想走到乡下去看看了吧?

第三页

当然了，放牛不是男孩的专利，女孩子一样可以玩儿。"有个放牛娃，采到一支花，牛也着了迷，趴下不走啦"，第三页的放牛娃变成了梳着两个小辫子的女孩，连牛的表情也跟着恬静了起来。

第四页

《娃娃放牛》，实在就是一组田园诗，书里面的田园情趣和童心童趣，满满地简直要溢出来。这边我们刚刚感受着放牛女娃娃的安宁，那边放牛小子就开始不老实了，"有个放牛娃，牵牛到树下，把牛系树上，他把树来爬"。喂，小心，别爬太高啦。所有爬过树的孩子都知道，爬上树不算本事，真正难的，是怎么下来……

第五页

继续我们的田园诗吧。"有个放牛娃，骑牛要回家，突然乌云来，大雨哗哗下"。嗯，这是夏日午后的阵雨嘛，我们都赶上过，不怕不怕，骑在牛背上，淋一小会儿雨，那才叫凉快呢! 呆会儿太阳一出来，又接着玩儿了。

第六页

"有个放牛娃，放牛到山下，牛去吃青草，他却睡着啦"，嗯，虽然放牛的不是同一个娃娃，不过看上去，也都是午后那一小会儿，玩累了的放牛娃在草地上睡一觉，可真美啊。

第七至九页

一觉睡起，夕阳也快西下了。不过放牛娃，还得再玩会儿，"有个放牛娃，爱看牛打架，一看牛打架，他就笑哈哈"；

"有个放牛娃，你猜他干啥，来到河边上，下河捉青蛙"。这么忽忽悠悠又玩了半天，终于要回家吃饭啦。"有个放牛娃，笛子手中拿，唱支夕阳曲，牧归要回家。"

虽然作者没有明说，但是这一册《娃娃放牛》，基本上是按照时间线索走下来，放牛娃一天的生活和嬉戏。整本书的情绪，也从一开始"驾驾驾"的劲头十足到最后的牧归回家，动静有致，让我们的眼球，跟着一会儿紧，一会儿松，直到最后完全松弛下来，简直就像真的去农村走了一遭一样。

好多好多的细节等你发现

和文字一样，这最后一册的画面，同样值得推敲。一页一页细细看下来，我们会发现放牛娃并非只有一个，牛也并非只有一头，而在每一页不同画面上点亮我们眼睛的东西，也各自不同，比如荷叶、比如蝌蚪、比如小鱼，这些歌谣中没有唱出来的东西，让画面更有神韵，也让我们的阅读，更富有诗意。至于每一页的色彩变化，则正好和每一页歌谣中的情绪相对应，读着、看着，我们自己，似乎就也要融入画面中去了。

让牛牛带我们回到久违的田园

最后说些题外话吧，不知道细心的妈妈或者孩子有没有发现，《牛年的礼物》里面，所有这些和牛有关的故事，都发生在乡村？而且所有这些故事，都和种植有着千丝万缕的关系。"打春牛"里面，"春牛"是丰收的象征，"牛郎织女"里面，男耕女织是这个故事的美好结局，"神农炎帝"更不用说了，牛头人身的炎帝，就是教会人们种植五谷的大神仙，也是我们